A Alvaro e Ignacio, que fueron unos pequeños
bajitos y serán unos grandes hombres

Dirección Editorial: **Raquel López Varela**
Coordinación Editorial: **Ana María García Alonso**
Maquetación: **Cristina A. Rejas Manzanera**
Diseño de cubierta: **Francisco A. Morais**

Segunda edición

© Ana Galán
www.anagalan.com
© EDITORIAL EVEREST, S. A.
ISBN: 978-84-441-4590-7
Depósito legal: LE. 560-2011
Printed in Spain - Impreso en España

EDITORIAL EVERGRÁFICAS, S. L.
Carretera León-La Coruña, km 5
LEÓN (España)
Atención al cliente: 902 123 400
www.everest.es

Soy bajito
I'm short

Ana Galán

Ilustrado por Gustavo Mazali

everest

Soy bajito
¿y qué más da?
I'm short
and so what?

Puedo correr.

I can run.

Puedo nadar.
I can swim.

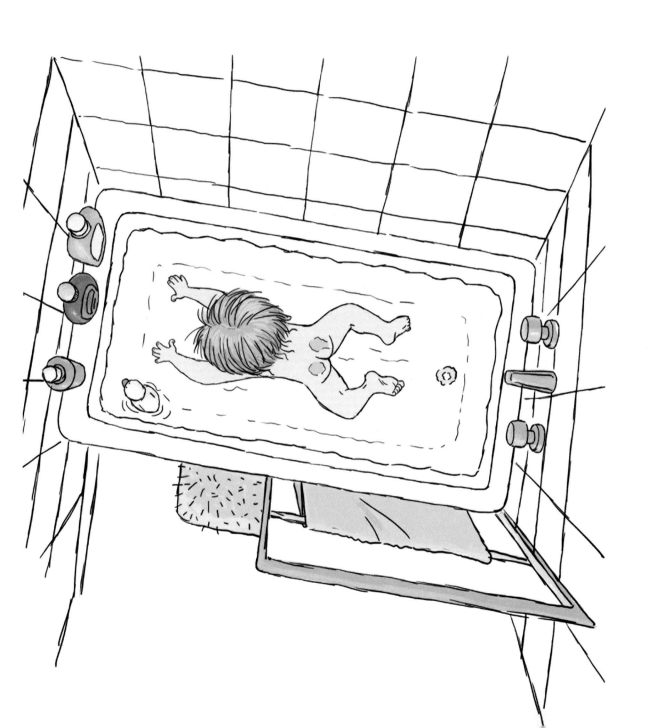

Puedo leer.
I can read.

Puedo saltar.
I can jump.

Soy bajito

¿y qué más da?

I'm short

and so what?

Puedo cantar.
I can sing.

Puedo pensar.
I can think.

Puedo chutar.
I can kick.

Puedo abrazar.
I can hug.

Soy bajito

¿y qué más da?

I'm short

and so what?

Puedo contar.
I can count.

Puedo gritar.
I can yell.

Puedo reír.
I can laugh.

Puedo llorar.
I can cry.

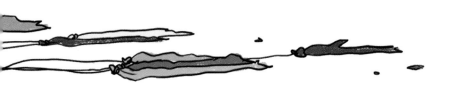

Soy bajito
¿Y qué más da?

I'm short
and so what?

Puedo jugar
con amigos,
I can play
with my friends,

con mi perro

with my dog

o tres gatitos.

or three cats.

Alto o bajo.
Esto o aquello.

Tall or short,
This or that.

Guapo o feo.

Cute or ugly.

¿Sabes qué?
Yo soy yo.
Y me gusta serlo.

You know what?
I am me.
And I like that.

Ana Galán nació en Oviedo, España, hace más años de los que le gustaría, pero menos de los que piensa la gente. Pasó su infancia y gran parte de su juventud en Madrid. En 1989, fue a vivir a Nueva York donde se casó, tuvo tres hijos (que de alguna manera que ella no acaba de comprender se hicieron adolescentes), y empezó su carrera como autora, editora y traductora de libros. En las pocas ocasiones en las que no está delante de su ordenador escribiendo, contestando e-mails, hablando o descargando fotos, se dedica a jugar y entrenar a un labrador para que se convierta un día en un gran perro-guía para ciegos.

Gustavo Mazali nació en la ciudad de Buenos Aires, Argentina, el 11 de julio de 1961. Es miembro del "Foro de Ilustradores", prestando una solidaria y constante ayuda a los colegas del mundo del dibujo. Trabajador incansable del lápiz, en la actualidad es uno de los ilustradores argentinos para niños y jóvenes más solicitados por los editores de todo el mundo, tanto por la claridad de su línea como por la ternura y expresividad de sus personajes.